An Gabha agus an Bhean Rua

Peadar Ó Cualáin

LEABHAR
BREAC

Indreabhán, Co. na Gaillimhe
www.leabharbreac.com

An Chéad Eagrán 1999
An Dara hEagrán 2010
© Leabhar Breac 2010

ISBN 978-0-898332-50-6

Ealaín: Darach Ó Scolaí
Dearadh agus clóchur: Caomhán Ó Scolaí

Foras na Gaeilge
Tugann Foras na Gaeilge cúnamh airgid do Leabhar Breac

Arna phriontáil ag
Clódóirí Lurgan Tta, Indreabhán, Co. na Gaillimhe

Clár na gCaibidlí

An Tobar	9
An Cheárta	16
An Bhean Rua	24
Goibhniú	29
Fleá	37
An Gabha	43
Úinéir an Tí	50
Imeacht	55
Litir agus Bronntanas	60

1

An Tobar

Sular leag mé súil riamh ar an mBean Rua bhí sí cloiste agam. Tráthnóna tar éis na scoile a bhí ann, bhí mé taobh amuigh de theach tábhairne an Tobair agus a guth binn le cloisteáil agam tríd an bhfuinneog oscailte. Ar chúis éigin, nuair a tháinig deireadh leis an amhrán agus nuair a ardaíodh glórtha is gártha na bhfear arís taobh istigh, níor choinnigh mé orm go dtí an bácús ag iarraidh aráin mar a d'iarr mo mháthair orm a dhéanamh, ach d'fhan mé taobh amuigh den teach tábhairne le súil go bhfaighinn spléachadh ar an amhránaí nuair a thiocfadh sí amach. Tar éis tamaill osclaíodh an doras, ach níorbh í an t-amhránaí a tháinig amach — bhí mé in ann í a chloisteáil taobh istigh agus í tosaithe ar an dara hamhrán — ach cailín ard tanaí a raibh trilseáin fhada dhonna uirthi agus meangadh mór geal ar a héadan bricíneach. Bhí mála cnónna ina glac aici agus í ag cangailt go sásta.

Thaispeáin sí an mála dom, agus shín mé amach mo lámh. Líon sí lán mo ghlaice dom, agus d'fhiafraigh sí go dána díom cé mé féin agus cén aois mé.

'Is aisteach an t-ainm é Mártan,' ar sí, nuair a d'inis mé di. 'Níor chuala mé riamh cheana é.' D'inis sí dom gur Síle a bhí uirthi féin agus go raibh sí ceithre bliana déag d'aois. 'Sin í mo mhama istigh ansin ag gabháil fhoinn. Is í an t-amhránaí is fearr ar domhan í. Tá go leor bonn óir agus comórtas buaite aici. Is as Cill Dara muid,' ar sí ansin. 'Lá éigin gabhfaimid ar ais ann.'

D'fhan mé píosa léi ag doras an tí tábhairne le súil go bhfaighinn amharc ar a máthair, ach nuair a chonaic mé mo mháthair féin ina seasamh i ndoras an tí cheap mé go mb'fhearr dom slán a fhágáil ag Síle agus coinneáil orm síos chuig an mbácús.

I mBácús Uí Chianáin bhí bean an tí ina seasamh ag an bhfuinneog agus í ag gliúcaíocht amach ar an tsráid. Níor chuala sí ag teacht isteach mé nó níor lig sí uirthi gur airigh sí mé. Le fiosracht, bhreathnaigh mé féin amach an fhuinneog go bhfeicfinn céard air a raibh sí ag breathnú. Seachas Síle, a bhí fós ina seasamh san áit inar fhág mé í taobh amuigh den teach tábhairne, ní raibh deoraí sa tsráid.

Leis sin, tháinig bean mhór ramhar isteach an doras ag puthaíl le saothar anála agus mála mór siopadóireachta aici.

'Feicim an ceannín óg sin arís, iníon na mná rua,' arsa bean an tsiopa. 'Nach mór an náire é, an mháthair i dteach an óil agus an iníon ag imeacht ar an tsráid.'

'Chonaic mé ann inné í,' arsa an bhean ramhar. 'Chaithfeadh sé go bhfuil siad tagtha chun cónaithe anseo.'

'As Cill Dara iad,' arsa mise.

'An ea, anois?' arsa Bean Uí Chianáin. 'Agus meas tú cén mí-ádh a thug anseo iad?'

'Is amhránaí an-mhaith í,' arsa mise.

D'iompaigh Bean Uí Chianáin thart de gheit.

'Muise, an ea? Agus nach agatsa atá an t-eolas fúthu! D'fhéadfadh muid uilig a bheith ag gabháil fhoinn agus ag ól sna tithe ósta, nach bhféadfadh? Cá bhfágfadh sé sin thusa! Céard a déarfadh do mháthair bhocht leis sin anois!'

'Sea, an créatúr,' arsa an bhean ramhar. 'Táim cinnte go bhfuil dóthain ar a haire aici seachas tusa a bheith ag déanamh imní di.'

'Arán, an ea?' a d'fhiafraigh Bean Uí Chianáin díom agus an builín á leagan ar an gcuntar aici.

'Sea,' arsa mise go maolchluasach. Thóg mé an builín agus d'imigh mé de dheifir as an siopa agus í ag fógairt i mo dhiaidh.

'Agus ná feiceadh do mháthair bhocht thú ag máinneáil thart ar dhoras an tí ósta nó bainfidh sí sceilp mhaith as do chluas!'

Nuair a tháinig mé amach ar an tsráid arís bhí Síle imithe.

2

An Cheárta

Bhí mo mháthair sa chistin romham agus
í ag éisteacht leis an raidió. Tharla go raibh
sé luath go maith fós, agus nach raibh sí
tosaithe ag réiteach an dinnéir, bhuail mé
liom amach ar an tsráid arís. Ní raibh
amharc ar bith ar Shíle, ná ní raibh ceol ná
amhráin le cloisteáil ón teach tábhairne.
Bhí mé ar tí casadh ar ais go n-iarrfainn
cead ar Thomás Ó Conaire sa teach béal
dorais Cleasaí a thabhairt amach ag siúl,
nuair a chonaic mé i bhfíoríochtar na

sráide í. Ní raibh a máthair ná duine ar bith léi.

Choinnigh mé orm síos ina diaidh. Bhí an coirnéal casta aici sular bhain mé bun na sráide amach. Tháinig mé uirthi ar deireadh taobh amuigh den gharáiste ag bun an Bhóthair Mhóir. Áit atá ann ina ndeisítear carranna. Ní raibh comhartha ná tada ann, ach seancharranna de gach uile chineál seasta ar an tsráid taobh amuigh de dhoras mór oscailte an gharáiste. Ba mhinic agus mé ag fanacht ar bhus ansin a d'fheicinn fear mór in éide oibre ghorm smeartha le hola agus salachar, agus é cromtha os cionn cairr éigin taobh amuigh den gharáiste.

Bhí Síle ina seasamh léi féin ag doras mór an gharáiste an tráthnóna seo agus í ag breathnú isteach. Chuaigh mé suas chuici agus sheas mé lena taobh. Bhí boladh láidir ola agus peitril ar an áit. Ní dúirt sí tada. Ní raibh deoraí sa gharáiste. Bhí carr bainte ó chéile i lár an urláir, na mílte píosaí miotail carntha lena taobh, agus uirlisí éagsúla crochta de thairní ar na ballaí. Ar an mballa thall bhí doras ar oscailt agus bhí mé in ann casúireacht a chloisteáil ó áit éigin ar chúl. Bhreathnaigh Síle orm agus tháinig meangadh mór diabhlaíochta uirthi.

Gan tada a rá, ghluais sí isteach sa gharáiste, agus amach tríd an doras ar a chúl. Lean mé chomh fada leis an doras í agus bhreathnaigh isteach.

Seomra mór dorcha a bhí ann ina raibh ballaí cloiche agus tine lasta i dteallach a bhí ardaithe den urlár. Faoi léas lag na tine caitheadh solas preabach ar na barraí fada miotail a bhí leagtha le balla agus ar an teanchair is na pionsúir a bhí crochta ar thairní. Sa chúinne bhí umar cloiche lán le huisce. Os cionn an teallaigh bhí beirt fhear cromtha, agus Síle ina seasamh taobh thiar díobh ag breathnú. D'aithin mé an fear ba mhó acu, fear an gharáiste. Bhí an chulaith oibre ghorm chéanna air a d'fheicinn air taobh amuigh den gharáiste. Fearín beag déanta a bhí san oibrí a bhí in éineacht leis.

Thóg an fear mór, an Gabha, bolg leathair a bhí lena ais agus shéid ar an tine leis. Nuair a bhí an tine adhainte aige thóg sé barra beag tanaí iarainn le pionsúr agus sháigh sa tine é. Mhothaigh mé an teas ar m'éadan. D'fhan sé go raibh an t-iarann ina chaor dhearg, ansin thóg sé as an tine leis an teanchair é agus leag sé anuas é ar inneoin mhór iarainn. Thóg an fear óg an t-ord mór, bhuail buille de

ar an iarann agus chuir aithinní is splanc-anna in aer. Chuaigh sé ag orlaíocht leis an ord ar an iarann ansin go raibh sé leata go maith aige. Bhreathnaigh an Gabha siar thar a ghualainn orainn. Ní dhearna sé aon iontas de go rabhamar ann.

'An t-ord beag,' ar sé. 'Thall ansin sa chúinne.'

Rith an bheirt againn chuige ach bhí sé aimsithe ag Síle romham. Rug sí léi é agus shín chuige é. Thóg an Gabha an t-ord uaithi agus chrom sé os cionn na hinneoine arís.

Bhreathnaigh mé ar Shíle.

'Bhí a fhios agatsa cá raibh sé,' arsa mise léi.

'Bhí mé anseo cheana,' ar sí.

Dúirt sí rud éigin eile ansin ach ní raibh mé in ann í a chloisteáil. Bhí an Gabha tosaithe ag casúireacht leis an ord ar an iarann. Thóg sé an dara pionsúr ansin agus chuaigh ag lúbadh an iarainn gur chuir corr ann. Chuaigh an fear óg ag bualadh an oird mhóir arís air ansin agus chuaigh an Gabha á lúbadh tuilleadh leis an bpionsúr agus á bhualadh leis an ord gur tháinig cruth crú capaill air. Thóg sé uirlis cosúil le siséal beag ansin agus, leis an ord beag, chuir sé seacht bpoll sa chrú, ceann i ndiaidh a chéile. Thóg sé leis an bpionsúr ansin é agus thum sé san umar uisce é. Bhí an t-uisce fuar ag fiuchadh is ag coipeadh le teas an iarainn.

Bhuail Síle sonc beag sna heasnacha orm.

'Fág seo.'

D'iompaigh sí ar a sála agus d'imigh amach. Cé nach raibh fonn ar bith imeachta orm bheannaigh mé don

Ghabha, ach níor chuala sé mé. Bhí an dara píosa iarainn ar an teallach aige. D'imigh mé liom de rith amach i ndiaidh Shíle.

3

An Bhean Rua

Nuair a tháinig mé amach as an ngaráiste bhí na soilse sráide lasta. Bhí Síle ag imeacht de rith uaim. Thug mé do na bonnacha é agus tháinig mé suas léi leath bealaigh suas Sráid an Iarla. Níor labhraíomar gur tháinig muid chomh fada leis an teach tábhairne.

'Beidh mo mháthair ag fanacht liom,' arsa Síle. 'Feicfidh mé amárach thú,' agus d'imigh léi isteach.

Bhreathnaigh mé suas an tsráid agus

chonaic mé go raibh an solas lasta sa halla ag mo mháthair dom. Bhí sé in am baile.

Bhí mo mháthair ag fanacht sa chistin liom.

'Cá raibh tú?' ar sí go himníoch liom. 'Bhí faitíos orm go raibh rud éigin tarlaithe duit.'

Ghabh mé leithscéal léi. 'Ní raibh a fhios agam go raibh sé chomh deireanach. Bhí mé thíos ag bun na sráide.'

'Ní maith liom thú a bheith amuigh agus é dorcha. Tá tú ró-óg fós. Cé leis a raibh tú?'

'Ag spraoi a bhí mé.' Shocraigh mé go mb'fhearr gan Síle a lua, ach bhí thiar orm.

'An leis an gceannín sin a bhí tú? Cé hí féin?'

'Síle atá uirthi, tá sí ina cónaí áit éigin anseo.'

'An bhfuil anois? Tá do dhinnéar téite san oigheann agam duit.'

'Go maith, a Mham, tá mé stiúgtha. Tabharfaidh mé anuas mo leabhar leabharlainne. Ní bheidh mé dhá nóiméad.'

'Déan deifir anois. Tá mé á chur amach ar an bpláta duit.'

D'imigh mé suas staighre. Ní raibh mé istigh i mo sheomra ach in am. As fuinneog an tseomra chonaic mé Síle ag dul suas an bóthar agus a máthair léi. Ní fhaca mé ach cúl a gcinn. Bean ard a bhí inti agus folt fada ina diaidh aniar — ní raibh mé in ann an dath a fheiceáil faoi sholas na sráide — ach go raibh a gruaig ag luascadh lena droim. Bhrúigh mé mo cheann in aghaidh phána na fuinneoige ag breathnú ina ndiaidh go bhfaca mé ag casadh ar dheis ag barr na sráide iad. Go Sráid Aibhistín a chuaigh siad.

D'imigh cúpla lá sula bhfaca mé Síle nó a máthair arís. Ag teacht abhaile ón scoil a bhí mé agus mo mhála ar mo dhroim agam. Ag casadh an choirnéil dom chonaic mé Síle ina seasamh taobh amuigh den bhácús. Lig mé béic uirthi agus d'iompaigh sí thart go bhfeicfeadh sí mé. Chroch sí a lámh i mbeannacht dom. Nuair a tháinig mé chomh fada léi d'fhiafraigh sí díom céard a bhí mé a dhéanamh.

'Tada,' arsa mise. 'An bhfuil tú ag iarraidh dul síos chuig an gceárta?'

Chuir sí strainc uirthi féin.

'Ní bheidh Tadhg ag obair sa cheárta inniu. Ní dhéanann sé é sin ach corruair, ar an deireadh seachtaine, nó nuair nach mbíonn sé róghnóthach sa gharáiste. Ar aon nós,' ar sí, le rúndacht dhiamhair, 'caithfidh tú a bheith aireach ar an nGabha.'

'Cén fáth?' a d'fhiafraigh mise di. 'Is fear deas é.'

'Bíonn draíocht ag an nGabha.'

Níor chreid mé í, ach ní dúirt mé tada.

4

Goibhniú

D'fhág mé mo mhála scoile sa teach, agus
tharla nach raibh mo mháthair ar ais óna
cuid oibre fós, choinnigh mé orm amach
arís. Gheall mé go dtaispeánfainn do Shíle
cá raibh na crainn úll ag fás i ngairdín an
Ollaimh, ach ní bhfuaireamar aon deis
dul chomh fada leis an úllord. Ar an
mbealach ann, ar theacht go Sráid
Aibhistín dúinn, cé a bhí ina seasamh ar
an gcosán romhainn ach bean ard a
raibh cóta fada uaine uirthi agus folt fada

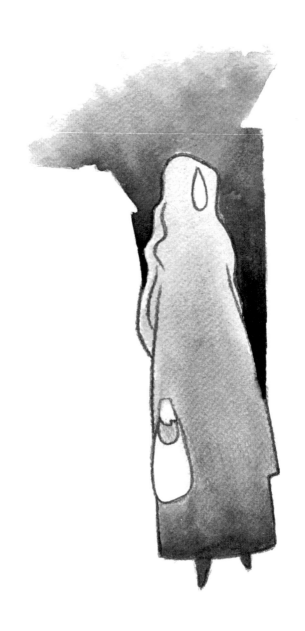

rua. Bhí dhá chiseán ar iompar aici, lán le hearraí grósaera, agus bhí a cóta is a scairf is a cuid gruaige á séideadh sa ghaoth. Ón spléachadh a fuair mé uirthi cúpla lá roimhe sin, agus ón gcaoi a dheifrigh Síle chuici nuair a stop sí le breathnú siar orainn, bhí a fhios agam gurb í máthair Shíle a bhí inti. Sheas sí taobh amuigh de dhoras tí a raibh comhartha mór adhmaid greamaithe den bhalla air, 'AR DÍOL'. Leag sí anuas a dhá mála, thóg eochair as a póca agus d'oscail an doras. Ar oscailt an dorais di chonaic sí ag teacht muid agus leath aoibh mhór gháire ar a haghaidh. D'fhan sí ina seasamh ag an doras go dtiocfadh muid chomh fada léi, agus bheannaigh sí dom.

'Cé hé do chara nua, a Shíle?'

'Mártan.'

Rinne sí rud ansin nach ndéanann

daoine fásta go minic liom, chroith sí lámh liom.

'Is deas casadh leat, a Mhártain. Bhí Síle ag insint dom fút. Tá cáca deas ceannaithe agam. Gabh i leith uaibh isteach go mblaisfimid é.' Gan breathnú amháin orm rith Síle isteach an doras. Rinne an mháthair gáire liom. 'Níl múineadh ar bith uirthi. Fág seo isteach.'

Chuaigh mé isteach roimpi. Teach a bhí ann cosúil lenár dteach féin. Bhí halla beag taobh istigh den doras, staighre adhmaid os ár gcomhair amach, doras faoi chlé isteach sa seomra suí agus doras ar m'aghaidh amach go dtí an chistin. Ní hionann agus ár dteach féin ar Shráid an Iarla bhí fuarbholadh taise sa teach agus bhí an páipéar ag titim de na ballaí. In áit na scáthán agus na bpictiúr beannaithe a bhí crochta ag mo mháthair sa teach s'againn féin, póstaeir agus pictiúir gearrtha as irisí a bhí ar na ballaí i dteach Shíle. Bhí Síle istigh sa seomra bia romham. Tháinig an Bhean Rua isteach inár ndiaidh agus leag an dá chiseán ar an mbord.

'Cuir síos an citeal. Maith an cailín.'

Rinne Síle rud uirthi fad is a bhí an Bhean Rua ag lasadh toitín di féin.

'As an áit seo thú, a Mhártain?'

'Sea,' arsa mise, 'as Sráid an Iarla.'

'As Cill Dara muidne,' arsa Síle.

'Tá a fhios agam,' arsa mise. 'D'inis tú dom go raibh sibh in bhur gcónaí i gCill Dara.

'Sea,' ar sí, 'agus lá éigin beimid ag dul ar ais ann, nach mbeidh, a Mham?'

Lig an Bhean Rua púir ghaile aisti.

'Beidh, a stór,' ar sí.

Nuair a bhí an toitín caite ag an mBean

Rua leag Síle trí mhuigín agus crúsca bainne ar an mbord. Thóg an Bhean Rua clár adhmaid agus scian mhór, thóg sí an cáca as an gciseán, leag ar an gclár adhmaid é agus chuaigh á ghearradh. Cáca rísíní a bhí ann. Tháinig Síle leis an taephota ansin agus líon trí mhuigín tae dúinn.

Nuair a bhíomar ag ithe labhair Síle.

'Inis do Mhártan faoin nGabha, a Mham. Ní chreideann sé mise. Dúirt mé leis go raibh draíocht ag an nGabha.'

'Bhí draíocht i gcónaí ag na gaibhne. Is ó na daoine maithe a fuair siad ceird na gaibhneachta.'

'Agus Tadhg?' arsa Síle.

'Cosúil le gach uile ghabha,' ar sí, 'tá eolas draíochta aige, agus tá an cheárta aige mar gheata idir an saol seo agus an saol eile.'

D'éirigh Síle ón mbord agus d'imigh amach as an seomra. Tháinig sí ar ais le leabhar. Leag sí an leabhar ar an mbord, d'oscail í, agus d'aimsigh sí an leathanach a bhí uaithi. Léigh sí an sliocht os ard dúinn.

'Ba é Goibhniú gabha na ndéithe. Dhéanadh sé claíomh nó sleá le trí bhuille dá ord. Bhí ceártaí ar fud na tíre aige. Tháinig an Fomhórach, Ruán, lá ag spiaireacht ar Ghoibhniú sa cheárta agus chonaic sé ag déanamh sleánna draíochta é. Ghoid sé sleá amháin,' ar sí, 'agus sháigh sé Goibhniú leis. Ní dhearna Goibhniú ach an tsleá a tharraingt as an gcréacht agus Ruán a mharú léi.'

'Sea,' arsa an Bhean Rua, 'ach níl an scéal ar fad ansin. Gach bliain réitíonn Goibhniú fleá agus féasta do na déithe. Fleá Ghoibhneann a thugtar air. An té a

5

Fleá

Tar éis cúnamh a thabhairt na soithí a
ghlanadh agus a thriomú, d'fhág mé slán
ag an mBean Rua. Tháinig Síle amach go
dtí an doras liom. Thug mé an comhartha
faoi deara arís.

'Tá sibh ag díol an tí?' arsa mise léi. 'Tá
sibh ag dul ar ais go Cill Dara go luath
mar sin?'

'Ní linn an teach ar chor ar bith,' arsa
Síle. 'Nílimid ach ag fanacht anseo go

sealadach. Is é an t-úinéir a chuir suas an comhartha.'

D'fhág mé slán aici.

'Feicfidh mé tráthnóna amárach thú,' ar sí, agus a lámh crochta i mbeannacht aici.

An tráthnóna dár gcionn, tar éis na scoile, chuaigh mé ag siopadóireacht le mo mháthair. Bhí sé tar éis a sé nuair a tháinig muid abhaile. Nuair a bhí an dinnéar ite againn, nigh mé na soithí fad is a bhí mo mháthair ag léamh an pháipéir. Chuimhnigh mé ar an nGabha.

'An bhfuil a fhios agat go bhfuil ceárta ar an mBóthar Mór, a Mham?'

'Ceárta? Tá sé blianta ó shin ó bhí ceárta ann. Bhí ceárta ansin ag athair Thaidhg Uí Chrualaoí, san áit a bhfuil an garáiste anois ann.'

'Ach, tá sé fós ann, nach bhfuil?'

'Is dóigh go bhfuil. Is fada ó baineadh aon úsáid as. Bhíodh aonach na gcapall ansin sa tseanaimsir agus bhíodh sé ag cur crúite ar na capaill ann.'

Nuair a bhí na soithí nite agus triomaithe agam d'iarr mé cead amach uirthi.

'Ná bí i bhfad,' ar sí. 'Is gearr go mbeidh sé dorcha.'

Dúirt mé léi nach mbeinn, chuir orm mo chóta agus amach liom. Bhí Síle thíos ag bun na sráide romham. Ní fhaca sí mé. Rith mé ina diaidh agus tháinig mé uirthi agus í ag casadh soir an Bhóthair Mhóir.

'Fan liom,' arsa mise léi.

Stop sí agus tháinig mé chomh fada léi.

'An bhfuil tú ag iarraidh rud éigin a fheiceáil?' a d'fhiafraigh sí díom. 'Caithfimid a bheith ciúin.'

'Céard é féin?' a d'fhiafraigh mise di.

Níor thug sí aon fhreagra orm, ach d'imigh léi de shiúl sciobtha chomh fada leis an ngaráiste agus mise sna sála uirthi.

Bhí doras mór an gharáiste dúnta agus ní raibh solas ar bith san áit. Chuaigh Síle timpeall an taoibh agus thángamar go dtí clós ar chúl an gharáiste, áit a raibh cónaí ar an nGabha. Bhí solas i gceann de na fuinneoga ansin, solas lag nárbh fhéidir a fheiceáil go soiléir.

'Éist,' arsa Síle.

Lean mé suas go dtí an fhuinneog í. Ní raibh cuirtín ar bith ar an bhfuinneog agus bhí amharc glan againn ar an gcistin taobh istigh. Ó dhá choinneal a tháinig an solas. Bhí an dá choinneal ar choinnleoirí airgid agus iad leagtha ar bhord. Bhí scaraoid líneadach ar an mbord, plátaí móra bána, gloiní criostail

agus sceanra airgid. Bhí bradán ar phláta
eile agus mias glasraí i lár an bhoird. Beirt
a bhí ina suí ag an mbord, an Bhean Rua
agus an Gabha. Bhí an Bhean Rua ag
gáire go sásta agus an Gabha ag líonadh
a gloine le fíon. Bhuail Síle sonc orm.

    'Nium, nium,' ar sí.

    'Fleá Ghoibhneann,' arsa mise.

'Buailfidh mé ar an bhfuinneog agus rithfimid,' ar sí.

'Ná déan,' arsa mise. 'Tá sé deireanach agus caithfidh mise dul abhaile.'

'Meatachán!' ar sí liom. Chas mé ar mo shála agus d'imigh liom sula dtabharfainn aon ugach di. Tháinig Síle de rith i mo dhiaidh. 'Ní raibh mé ach ag magadh.'

'Tá a fhios agam,' arsa mise, 'ach caithfidh mé imeacht. Beidh mo mháthair ag fanacht liom.'

Shiúlamar suas Sráid an Iarla in éineacht, agus d'fhág mé slán aici taobh amuigh de mo theach.

6
An Gabha

D'imigh seachtain agus ní bhfuair mé
amharc ar bith ar Shíle ná ar an mBean
Rua. Lá amháin shocraigh mé cuairt a
thabhairt orthu. Ar mo bhealach abhaile
ón scoil agus mé ag ceannach builín aráin
sa bhácús, le mo chuid airgid phóca a bhí
sábháilte agam cheannaigh mé cáca
sinséir. Nuair a bhain mé an baile amach
chuir mé i bhfolach i mo sheomra é. Cé
nach raibh tada ráite aici liom ina thaobh,
bhí tuairim agam nár thaitin sé le mo

mháthair go mbeinn i gcomhluadar Shíle.
An tráthnóna sin tar éis dinnéir, chuir mé
an cáca i bhfolach faoi mo chóta agus
dúirt mé le mo mháthair go raibh mé ag
dul amach ag spraoi.

'Ná feicim ag máinneáil thart taobh
amuigh den teach tábhairne anois thú,'
ar sí. 'Ní áit ar bith é sin do ghasúir.'

Amach liom agus chuaigh mé caol
díreach suas an bóthar go dtí teach na
Mná Rua. Bhí an fógra mór adhmaid ar
an mballa i gcónaí. Nuair a tháinig mé
go dtí an doras bhuail mé cnag ar an
gcomhla agus d'fhan mé gur osclaíodh an
doras dom. Síle a bhí ann. Bhí áthas uirthi
mé a fheiceáil.

'Tar isteach, a Mhártain. Ní fhaca mé
le píosa thú.'

Bhí an Bhean Rua ina suí ag bord sa
chistin agus páipéar nuachta á léamh

aici. Bhí boladh cócaireachta sa chistin. D'éirigh sí nuair a chonaic sí mé.

'Fáilte isteach, a Mhártain.'

'Go maire tú,' arsa mise go múinte léi. Leag mé an mála donn ina raibh an cáca ar an mbord. 'Thug mé bronntanas beag liom.'

'Ó, níor cheart duit, a stór,' arsa an Bhean Rua, agus an mála á oscailt aici. 'Ach is deas uait é.'

Bhí Síle cromtha lena taobh ag iarraidh an cáca a fheiceáil.

'Cáca sinséir!' ar sí. 'Peuch!'

Ach thaitin sé leis an mBean Rua.

'Íosfaidh tú greim linn,' ar sí.

Dúirt mé léi nach n-íosfadh, go raibh mo dhinnéar ite agam, ach shocraigh sí áit dom ar an mbord mar sin féin. De ghrá an réitigh dúirt mé go n-íosfainn ruainnín beag. Spaghetti agus anlann trátaí a bhí ann don dinnéar. D'alpamar an t-iomlán siar go sásta.

'An ngearrfaidh tusa an cáca, a Mhártain? Is deas fear a bheith againn sa teach.'

Chuaigh Síle ag déanamh an tae. Thug an Bhean Rua scian agus clár adhmaid dom agus chuaigh mé i mbun na hoibre. Thóg mé an scian go fonnmhar agus ghearr mé trí chanda thiubha, agus leag mé ar phláta i lár an bhoird iad. Itheadh na trí phíosa. D'ith Síle a cuid féin, in ainneoin go ndúirt sí nach mblaisfeadh sí de.

'Bhí sé sin go hálainn, a Mhártain,' arsa an Bhean Rua, agus toitín eile á lasadh aici. 'D'íosfainn tuilleadh murach go bhfuil mé chomh lán.'

Bualadh cnag ar an bpríomhdhoras.

'Sin é Tadhg,' arsa Síle agus í ag gáire léi féin.

'Tadhg Gabha?' a d'fhiafraigh mise di.

'Oscail an doras agus lig isteach é,' arsa an Bhean Rua agus í ag imeacht de ruaig amach an doras uainn. 'Ach breathnaigh amach an fhuinneog ar dtús go bhfeicfidh tú nach é an t-úinéir atá ann.' Bhí mé in ann í a chloisteáil ag rith suas an staighre. Bhí Síle fós ag gáire.

'Tá sí á réiteach féin chun dul amach lena fear,' ar sí.

Chuaigh Síle amach sa halla agus chuala mé í ag oscailt an dorais don Ghabha. Tháinig Síle ar ais agus é sna sála uirthi. Bhí cuma éagsúil air. Cosúil leis an oíche roimhe sin nuair a chonaiceamar tríd an bhfuinneog i dteach an Ghabha iad, ní raibh a chuid éide oibre air agus bhí a éadan glan. Bhí seaicéad leathair air agus léine bhuí. Bhí a chuid gruaige cíortha aige.

'A Mhártain,' ar sé agus é ag caochadh súl orm, 'an bhfuil tú ag tabhairt Síle amach chuig an teach ósta anocht?'

Dhearg mise le náire.

'Níl,' arsa Síle leis, 'tá sé ag fanacht istigh liomsa. Nach bhfuil, a Mhártain?'

D'aontaigh mé léi.

'Is dóigh go bhfuil sí féin thuas staighre ag cur dathanna uirthi féin!'

'Déanann sí é sin i gcónaí sula dtagann tú.'

Rinne an Gabha gáire.

Chualamar an Bhean Rua ag teacht anuas an staighre. Tháinig sí isteach agus gúna álainn uaine agus buí uirthi. Bhí a gruaig ar dearglasadh agus bhí fáinní cluaise ar dhath an airgid uirthi.

'Cén chaoi a bhfuil mé ag breathnú, a Thaidhg?'

'Tá tú go hálainn, a stór.'

'Imeoimid, mar sin. A Shíle agus a
Mhártain, beidh sibhse ceart go leor, an
mbeidh?'

'Beimid go breá,' arsa Síle lena máthair.
Rinne sí gáire le Tadhg. 'Bíodh oíche
mhaith agaibh!'

Dúirt an Bhean Rua le Síle go mbeadh
sí ar ais roimh mheán oíche agus d'imigh
sí féin agus Tadhg amach.

7

Úinéir an Tí

Ní raibh sí i bhfad imithe, agus mise ag cuimhneamh ar imeacht sula dtiocfadh imní ar mo mháthair, nuair a chualamar cnagadh ar an doras arís. Ní cnagadh a bhí ann, go deimhin, ach bualadh trom mar a bheadh duine éigin ag bualadh coise faoi chomhla an dorais.

Tháinig cuma imníoch ar Shíle.

'Breathnóidh mé go bhfeicfidh mé cé atá ansin,' ar sí.

Ní luaithe imithe í ná go raibh sí ar ais agus í chomh bán leis an bpáipéar.

'Uinéir an tí atá ann,' ar sise. 'tá sé ag
iarraidh muid a chur amach. Gabh i leith
go bhfeicfidh tú.'

Chuamar go dtí an seomra suí agus bhreathnaíomar amach an fhuinneog. Fear mór déanta a bhí amuigh ar an tsráid, agus ord ar a ghualainn aige. Bhí sé stoptha ag bualadh ar an doras faoin am seo agus bhí sé ag fógairt in airde a chinn orainn.

'Tá a fhios agam go bhfuil sibh istigh ansin! Oscail, nó brisfidh mé an doras agus tiocfaidh mé isteach!'

Lig sé cupla búir eile as agus thosaigh ag bualadh faoin doras arís.

'Brisfidh sé an doras,' arsa mise.

'Fág seo,' arsa Síle. 'Gabhfaimid amach ar chúl agus cuirfimid fios ar Mham. Tá faitíos orm go mbrisfeadh sé isteach agus go gcaithfeadh sé amach ar an tsráid muid.'

Lean mé amach go dtí an chistin í, agus amach an doras cúil. Bhí clós beag ar chúl an tí ina raibh bosca bruscair agus éadaí crochta le triomú. Thart timpeall ar an gclós bhí balla ard.

'Caithfimid dul thar an mballa,' arsa Síle.

Bhí sé ard, ró-ard, a cheap mé. Thosaigh Síle ag tarraingt ar an mbosca bruscair. Bhí bualadh láidir le cloisteáil ó dhoras an tí.

'Tabhair cúnamh dom,' ar sí.

Thug mé cúnamh di agus chuireamar in aghaidh an bhalla é. Suas le Síle ar an mbosca bruscair ansin agus tharraing sí í féin in airde ar an mballa. D'fhan mé go raibh sí ina suí thuas ar an mballa sula ndeachaigh mé féin ag dreapadh suas. Shuíomar beirt ar an mballa ansin agus bhreathnaíomar anuas ar an taobh eile. D'aithin mé Lána an Chuilinn fúinn, cosán beag cúng idir chúl na dtithe ar Shráid Aibhistín agus cúl na dtithe ar

Shráid Antaine. Bhí píosa fada go talamh orainn.

'Léimfimid,' arsa mise.

'Tusa ar dtús,' arsa Síle.

Lig mé mé féin anuas nó go raibh mo dhá chos crochta os cionn an talaimh agus greim mo dhá lámh agam ar an mballa. Scaoil mé mo ghreim agus tháinig mé anuas ar mo bhonnacha.

Tháinig Síle anuas i mo dhiaidh.

'Fág seo,' ar sí. 'Caithfimid deifir a dhéanamh.'

8

Imeacht

D'imigh sí de rith síos an cosán agus mise ag teacht de rith ina diaidh aniar. Chasamar faoi dheis ag bun an lána agus d'imíomar linn de rith síos Bóthar Naomh Iósaf ionas nach mbeadh orainn dul thar an úinéir, agus faoi dheis arís síos Sráid an Gheata Bhig gur bhaineamar Sráid an Iarla amach. Níor stopamar gur thángamar go dtí teach tábhairne an Tobair. Chuaigh Síle isteach agus d'fhan mise taobh amuigh agus mé ag breathnú suas i dtreo Shráid Aibhistín ar fhaitíos go bhfeicfinn an t-úinéir ag teacht chugainn.

Ní raibh sí istigh nóiméad nuair a tháinig an Gabha amach, agus Síle agus an Bhean Rua sna sála air. Lean mé iad de rith suas an tsráid.

Bhí an t-úineir ann i gcónaí taobh amuigh de theach na Mná Rua ar Shráid Aibhistín agus slua beag daoine cruinnithe thart air. Comharsana a bhí iontu a tháinig amach as a dtithe nuair a chuala siad an torann. Bhí ord ina lámha ag an bhfear mór agus é á luascadh. Chualamar an t-adhmad ag briseadh agus an doras á bhualadh aige. Thug sé luascadh eile don ord, bhuail faoin doras arís é agus bhain sé an chomhla de na hinsí. Tharraing sé an t-ord siar arís. Gan choinne, bhí an Gabha sa mhullach air, greim aige ar an ord agus é á tharraingt óna lámha. Bhí an bheirt acu ag iomarscáil ar an tsráid, agus daoine ag iarraidh iad a scaradh ó chéile. Sheas mé siar uathu agus bhreathnaigh mé ar an doras. Bhí an chomhla adhmaid briste agus í crochta ar leathmhaig. D'ardaigh an Bhean Rua an chomhla i leataobh, lig sí Síle isteach sa teach agus shleamhnaigh sí féin isteach ina diaidh. Bhí an Gabha agus an t-úinéir scartha ó chéile ag na fir agus iad ag fógairt go bagrach ar a chéile.

Chuala mé duine éigin ag glaoch m'ainm orm agus d'iompaigh mé thart. Mo mháthair a bhí ann. Rug sí greim láimhe orm.

'A Mhártain, céard atá tú ag déanamh anseo? Fág seo abhaile, níl aon ghnó againne anseo.'

Thug mé féachaint siar thar mo ghual-
ainn ar an teach — bhí Síle agus an Bhean
Rua le feiceáil san fhuinneog ag breathnú
amach — agus d'imigh mé le mo mháthair.

Caol díreach tar éis na scoile an lá dár
gcionn chuaigh mé go Sráid Aibhistín.
Baineadh stangadh asam nuair a tháinig
mé chomh fada le teach na Mná Rua. Bhí
an comhartha céanna adhmaid ar an
mballa agus comhartha nua greamaithe
anuas air, 'DÍOLTA'. Bhí cláir adhmaid
sna fuinneoga agus sa doras. Bhuail mé
cnag nó dhó ar an doras, ag ceapadh go
mb'fhéidir go raibh siad taobh istigh, ach
ní bhfuair mé aon fhreagra.

Chuaigh mé síos Sráid an Iarla ansin
agus sheas mé taobh amuigh de Theach
an Tobair, san áit ar casadh Síle orm an
chéad uair agus ar chuala mé an Bhean

Rua ag gabháil fhoinn. Ní raibh amharc
ar bith ar cheachtar den bheirt in aon áit.
Thuig mé ansin go raibh siad imithe.

9

Litir agus Bronntanas

Cúpla lá ina dhiaidh sin chuaigh mé go dtí an garáiste. Ní raibh amharc ar bith ar an nGabha. Chonaic mé an fear eile, an cúntóir beag déanta a bhí leis sa cheárta, masc gloine os cionn a shúile aige, agus é ag sádráil boinéid cairr. Bhí boladh láidir i mo pholláirí agus na lasracha geala gorma do mo chaochadh. Nuair a thug sé faoi deara mé labhair sé liom.

'Bí aireach. Iompaigh do shúile ó na lasracha nó beidh tú dallta.'

Rinne mé rud air. Choinnigh sé air ag sádráil, scaitheamh, ansin leag uaidh an uirlis agus d'ardaigh sé an masc dá shúile.

'Gabh i leith uait.' Lean mé isteach sa cheárta é. Ní raibh tine ar bith sa teallach. Ba dheacair a chreidiúint go raibh mé ag breathnú ar an nGabha ag casúireacht ansin cúpla lá roimhe sin. 'Tá rud éigin agam duit,' arsa an fear beag. Óna chóta a bhí crochta ar thairne thóg sé bileog fhillte. 'Litir ó Shíle.'

Thóg mé an bhileog, d'oscail mé amach í agus léigh mé í. Ní raibh scríofa ach cúpla focal: A Mhártain, táimid ag imeacht ar ais go Cill Dara. Lá éigin tiocfaimid ar cuairt ort, agus tiocfaidh tusa go Cill Dara chun muid a fheiceáil. Tá Mama ag cur do thuairisce. Slán, Síle.

'Tá rud éigin eile agam duit,' arsa an fear beag. Thóg sé rud éigin a bhí leagtha ar an teallach agus shín chugam é. Crú capaill a bhí ann, ceann breá nuadhéanta agus cuma álainn air. 'Tadhg a d'fhág é seo duit. Seo é an crú a rinne sé an lá cheana nuair a bhí tú féin agus Síle anseo.'

Ghlac mé buíochas leis agus an crú á thógáil agam. Tá sé agam fós. Nuair a bhreathnaím air, crochta os cionn dhoras mo sheomra, cuimhním ar an nGabha agus ar Shíle agus ar an mBean Rua.

Foclóir

trilseáin: *Nuair a bhíonn trilseáin i ngruaig bíonn sí ceangailte in eireabaillíní fada néata.*

bricíneach: *Bhí bricíní nó spotaí deasa gréine ar a héadan.*

An Cheárta: *Ceárta nó teach ceárta is ea áit ina mbíonn an gabha ag obair le hiarann.*

an teanchair: *Pionsúr fada a úsáideann an gabha chun greim a bhreith ar rud te nó ar rud atá le cur isteach sa tine.*

umar cloiche: *Dabhach nó tanc ina gcoimeádtar leacht de shaghas éigin de ghnáth. Uisce atá ag an ngabha san umar seo atá déanta as cloch.*

Fearín beag déanta: *Fear beag, ach cuma bhreá láidir air.*

inneoin: *Ceap nó bloc crua iarainn nó cruaiche a bhíonn ag gabha. Buaileann sé miotal uirthi chun an miotal a chruthú sa chló atá uaidh.*

an t-ord: *Saghas casúir atá san ord, ach é i bhfad níos mó agus níos troime.*

aithinní is splancanna: *Lasáin bheaga agus drithlí solais a spréachann as tine.*

leata: *D'éirigh an miotal níos leithne toisc gur bhuail an gabha anuas ar an inneoin é leis an ord.*

strainc: *Tháinig straois nó gramhas ar a haghaidh mar bhí sí ag iarraidh a thaispeáint nach raibh sí róthógtha leis an smaoineamh dul chuig an gceárta.*

as an gcréacht: *Goin nó gearradh a fhágtar ar dhuine nuair a ghearrtar a chraiceann.*

meath: *Nuair a thagann meath ar dhuine nó ar rud, téann sé i léig nó ar gcúl ar bhealach éigin.*

Meatachán: *Cladhaire nó duine a mbíonn eagla air nuair nach gá.*

ugach: *Is ionann gan ugach a thabhairt do dhuine agus gan uchtach ná muinín ná misneach a thabhairt dó rud a dhéanamh.*

De ghrá an réitigh: *Ar mhaithe le síocháin. Mar a deir an seanfhocal: Ní théann rogha ón réiteach.*

ar leathmhaig: *Ní raibh comhla an dorais ina seasamh go díreach, ach bhí sí tite ar fiar.*

An Gruagach

Agus madraí á ngoid ar fud an
bhaile, tagann fear mór dubh agus
bean óg fhionn chun cónaithe in
Uimhir 2, Sráid an Gheata Bhig.
Nuair a imíonn an madra béal
dorais gan tásc ná tuairisc cuireann
Mártan spéis sna comharsana nua.
Ach cé hé an Gruagach? Agus cé
atá ag fuadach na madraí?

www.leabharbreac.com

Sa tSraith Chéanna:

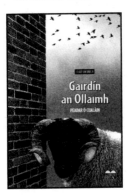

Gairdín an Ollaimh

Tráthnóna geimhridh agus é ar
a bhealach abhaile, feiceann
Mártan reithe i lár na sráide. Ar
lorg an reithe dó tagann sé ar
ghairdín an Ollaimh, agus
cloiseann sé ceol binn na feadóige.
Ach cé leis an reithe, agus céard a
thug go gairdín an Ollaimh é?
Agus cé hé an ceoltóir bocht atá ar
thóir na feadóige?

www.leabharbreac.com

Céadtach
Mac Rí na gCor

Leabhar agus Dlúthdhiosca

Insint bhreá bhríomhar ar
cheann de na seanscéalta ab
ansa lenár muintir agus í
maisithe le pictiúir dhaite,
mar aon le dlúthdhiosca de
Mhícheál Ó Conaola
i mbun scéalaíochta.

www.leabharbreac.com